J'appren
à lire
avec Sami et

À la découverte des dinosaures

Emmanuelle Massonaud

hachette
ÉDUCATION

Couverture : Mélissa Chalot
Réalisation de la couverture : Sylvie Fécamp
Maquette intérieure : Mélissa Chalot
Mise en pages : Typo-Virgule
Illustrations : Thérèse Bonté
Édition : Ludivine Boulicaut, Élisabeth Sanchez
Relecture ortho-typo : Jean-Pierre Leblan

ISBN : 978-2-01-712216-6

Achevé d'imprimer en novembre 2021 en Espagne par Unigraf
Dépôt légal : Mars 2020 - Édition 06 - 18/4194/0

Les personnages de l'histoire

Julie est très fière : la maîtresse lui a proposé de préparer un exposé sur les dinosaures.

– Les dinosaures, c'est le domaine de Papi ; il faut que tu lui demandes de t'aider, dit Maman.

Papi ne se fait pas prier. Aussitôt, il décide d'organiser une visite au musée pour le lendemain.

– Je pourrai venir, moi aussi ? l'interroge Sami.

– Évidemment ! lui répond Papi.

Le lendemain, à dix heures pile, Papi est là, accompagné de Mamie bien sûr.

– Allons-y ! s'exclame Papi.

Un exposé, ça se prépare avec le plus grand sérieux.

– On va voir des mammouths ? demande Sami tout excité.

– Des mammouths, des tigres à dents de sabre, des rhinocéros laineux, des fossiles..., énumère Papi avec passion.

– ... et des dinosaures, quand même ! ajoute Julie.

VENEZ RENCONTRER LE TERRIBLE T. REX
ENTRÉE
adulte 8 €
enfant 4

En entrant dans la première salle du musée, Sami et Julie écarquillent les yeux.

Ils n'ont jamais rien vu d'aussi incroyable. La salle est remplie de squelettes gigantesques !

Ici, un dinosaure qui touche presque le plafond ; là, une sorte de dragon avec des cornes ; là-bas encore, un monstre avec des dents terribles.

– Brrr…, murmure Sami, ils font un peu peur.

– À votre avis, demande Papi, existe-t-il encore des dinosaures de nos jours ?

– Heureusement que non ! tranche Sami.

– En fait, c'est oui et non ! explique Papi.

Les dinosaures ont bien disparu, mais ils ont des descendants : les oiseaux ! Car figurez-vous qu'il existait des dinosaures à plumes !

Passionnée elle aussi, Julie n'en croit pas ses oreilles.

– Mais pourquoi les dinosaures ont-ils disparu, Papi ?

– Certains pensent qu'une énorme météorite est tombée sur la Terre et qu'elle a provoqué leur extinction.

– C'est horrible ! s'écrie Julie.

– Horrible, horrible ... Ça te plairait de rencontrer un tyrannosaure dans la forêt ? la taquine Sami.

Papi explique que tous les dinosaures n'étaient pas féroces.

– Regardez ce diplodocus, le plus grand animal qui ait vécu sur Terre. Eh bien, il était herbivore et plutôt inoffensif.

– Un peu comme les éléphants,
(z)
précise Julie.

– Un peu, répond Papi, sauf qu'un éléphant en colère peut être redoutable…

Mamie et Sami se sont éloignés.

– Qui est cette créature ? demande Sami très intrigué.

– « Lucy » ! lit Mamie. Elle vivait il y a plus de 3 millions d'années.

– On dirait un singe, remarque Sami.

– Eh oui, sourit Mamie, toi et moi, nous avons les mêmes ancêtres que Lucy !

– Ah bon ! s'exclame Sami, qui ne s'attendait vraiment pas à cette remarque.

PRÉHISTOIRE
LUCY
LUCY

Papi et Julie se sont rapprochés.

– Avez-vous remarqué combien Lucy est petite ? dit Papi. Elle fait à peu près la taille de Julie alors qu'elle est adulte. Eh bien voilà, au fil du temps, les humains grandissent. C'est impressionnant, n'est-ce pas ?

– Trop bien ! s'enthousiasme Sami. J'ai peut-être le même ancêtre que le singe, mais moi je vais être un géant.

Tremblez, bande de minus ! s'amuse Sami.

HOMM

Pour rejoindre la cafétéria du musée, toute la petite troupe passe dans une galerie où sont rassemblés des animaux plus familiers.

– Ce sont les ancêtres de nos animaux, explique Papi.

– Ils ressemblent vraiment à des animaux d'aujourd'hui… dit Sami.

– ... en plus effrayants, renchérit Julie devant un tigre à dents de sabre.

– Regardez ce gros mammouth ! s'extasie Mamie.

À la cafétéria, Sami ouvre son sac pour ranger les cartes postales que Mamie vient de lui acheter.

– Qu'est-ce que c'est ? l'interroge Julie en apercevant une sorte de bâton noirâtre.

– Chut ! répond Sami. C'est pour Tobi.

– Montre-moi, je veux regarder, rétorque Julie.

Intrigué, Papi demande à Sami d'ouvrir son sac.

DINO

Et là, Papi est à deux doigts de s’évanouir : Sami a mis un os de dinosaure dans son sac !

– Voyons, Sami, balbutie Papi paniqué, voler un os de dinosaure, dans un musée : tu as perdu la tête ?

– Mais c’est pour Tobi ! bafouille Sami.

– Il n’y a pas de Tobi qui tienne, s’étouffe Papi. Maintenant, il va falloir remettre cet os là où tu l’as pris !

Julie a inventé un excellent stratagème...
Avec Papi, elle détourne l'attention du gardien en lui posant plein de questions sur la date d'apparition des dinosaures sur la Terre.

Pendant ce temps, Sami et Mamie s'éloignent discrètement.

Sur la pointe des pieds, Sami, tremblant comme une feuille, remet l'os à sa place.

Hourra ! hurle Sami.

Le gardien tourne brusquement la tête, mais, heureusement, tout est rentré dans l'ordre.

En sortant du musée, Sami est encore désolé.

– Excuse-moi, Papi ! dit-il,

Je ne le ferai plus. Tu me remmèneras au musée ?

Décidément, jamais Papi n'oubliera la première visite de ses petits-enfants au musée !

VENEZ

Et toi, qu'en penses-tu ?

Connais-tu le nom de certains dinosaures ?

As-tu déjà vu un film avec des dinosaures ?

Es-tu déjà allé(e) au musée, avec l'école ou en famille ?

Et toi, quelle(s) période(s) de l'histoire aimes-tu ? Plutôt la préhistoire, l'Antiquité avec les Romains ou le Moyen Âge ?

Exposé de Julie sur les dinosaures

Le **tyrannosaure** avait de terrifiantes dents recourbées, aussi longues que la main d'un homme.

Le **stégosaure** possédait le plus petit cerveau : il avait la taille de 3 balles de ping-pong.

Le **diplodocus** était très grand. Sa queue mesurait environ 13 à 14 m.

L'**archéoptéryx** avait des dents et des griffes, mais aussi des plumes.

Dans la même collection

Niveau 1
Début de CP

Niveau 2
Milieu de CP

Niveau 3
Fin de CP

Niveau CE1

Niveau CE2
NOUVEAU !

hachette
ÉDUCATION